生活中的火金星

——謝碧修詩集

「含笑詩叢」總序／含笑含義

叢書策劃／李魁賢

含笑最美，起自內心的喜悅，形之於外，具有動人的感染力。蒙娜麗莎之美、之吸引人，在於含笑默默，蘊藉深情。

含笑最容易聯想到含笑花，幼時常住淡水鄉下，庭院有一欉含笑花，每天清晨花開，藏在葉間，不顯露，徐風吹來，幽香四播。祖母在打掃庭院時，會摘一兩朵，插在髮髻，整日香伴。

及長，偶讀禪宗著名公案，迦葉尊者拈花含笑，隱示彼此間心領神會，思意相通，啟人深思體會，何需言詮。

詩，不外如此這般！詩之美，在於矜持、含蓄，而不喜形於色。歡喜藏在內心，以靈氣散發，輻射透入讀者心裡，達成感性傳遞。

詩，也像含笑花，常隱藏在葉下，清晨播送香氣，引人探尋，芬芳何處。然而花含笑自在，不在乎誰在探尋，目的何在，真心假意，各隨自然，自適自如，無故意，無顧忌。

詩，亦深涵禪意，端在頓悟，不需說三道四，言在意中，意在象中，象在若隱若現的含笑之中。

含笑詩叢為台灣女詩人作品集匯，各具特色，而共通點在於其人其詩，含笑不喧，深情有意，款款動人。

【含笑詩叢】策畫與命名的含義區區在此，初輯能獲八位詩人呼應，特此含笑致意、致謝！同時感謝秀威識貨相挺，讓含笑花詩香四溢！

2015.08.18

自序／不忘初衷

自今年完全退出職場，便為自己未來的生活畫了小小藍圖：投入心靈陪伴志工行列；有系統的閱讀；滿足小小嗜好的學習，如鉛筆畫、簡單樂器等，隨時享受一下小成就；好好認識台灣各鄉鎮，深度旅遊感受在地的生命力。並跟另一半承諾在二年之內要出一本詩集，表示在書寫上的投入。

曾經我們對自己許過許多諾言，但常常為了「過日子」而讓一些小小夢想也沉放在內心深處，甚至遺忘了！可是真正渴望的事物是無法忘懷的。但我們常常會以為來日方長，等…有時間…有錢…等退休……。也常常為了夢想理想投入大部份的心力，但在稍有成就後，可能受到所處環境的影響，漸漸好大喜功、漸漸唯利是圖、漸漸以追求權力為目標、乃至漸漸被金錢、權力所腐蝕。讓大家憂心忡忡的食安問題如是、沸沸揚揚的阿帕契事件亦如是，我們不禁想問：這是他們的初衷嗎？

心中的意念會決定我們用甚麼角度看待世界，也會驅使我們採取行動去改變我們的環境。榮格說「當你能反觀自己的內心，你的視線才能真正清晰起來；向外看的人只會夢想，向內看的人才能覺醒。」傾聽自己內在的聲音吧！

在我投入幾年的社福工作裡，很多人常是懷抱著服務弱勢的熱忱進入的，但慢慢的可能因機構內部行政、人事的一些異見、可能短期內未見預期成效，而退出該服務領域，誠然可惜！因此都會以「不忘初衷」來相互提醒。

這一年拜line之賜，40多年前開始一起寫詩的「腳印」詩友有了頻繁的交流，常鼓勵刺激停筆很久的再提筆，有人總覺氣餒，認為寫了又如何？也不可能寫出曠世奇文！如此設立無法承受的目標，而失去享受書寫的樂趣，相信亦非當初想寫詩的初衷吧！書寫對我來說只是想分享內心的感受與感動！而這些詩篇就像生活中的小火花，帶來小確幸！

這本詩集的出版真是因緣際會，感謝李魁賢詩人前輩的牽線，使預計的第二本詩集提早出現，而有了繼續前進的動能。

2015.09.27中秋夜

論謝碧修詩的動情法

——旅人2008台灣現代詩十二期

謝碧修（以下簡稱謝氏），1953年12月14日出生於台南縣。現住高雄，自金融機關退休，任職慈善機構。笠詩社同仁及台灣現代詩人協會會員。曾獲黑暗之光新詩獎（2003）。詩作尚未結集出版。

謝氏的詩，感情豐富、真摯、細膩，動人心弦，是其詩之特色。而其詩的感情，如何動人以法，實有必要論究。

（一）我們的歌

——為傷殘者而寫

這是神烙下的記號
因為祂知道我們能站起來
不管是用手走
或是用腳寫字
不管是用耳朵看
或是用眼睛聽

高低不平的道路展現
我們面前充滿亂石雜草
跨出的第一步承載多少重量啊！
我們背負著多少人的希望
父母的愛心
師長的鼓勵
朋友的關懷
（隻隻溫暖的手掌啊——）
衝破重重憐憫與不信任的關卡
縱磨破膝蓋摔破頭
也要走出一條路

工作

工作是我們的耕耘機
雖然我們不是運動場上的健將
雖然我們不是戰場上的衝刺者
但在輪椅上特製床上
在辦公廳在研究室裡
或在大街小巷
我們是沈默奮鬥的一群
用我們的雙手
用我們的智慧

朋友

在血紅的荊棘中

在眾愛環繞之下

我們要站立成一座燈塔

在山谷

在海上

在平坦與不平坦的每塊土地上

——1978年

這首詩，謝氏主要是以真摯的手法來動情。詩的內容，不外是思想及感情，其中更以感情為基調。以真摯的手法來動情，最易達到感情美。可以說，真摯是達致感情美的首要關鍵。謝氏寫此詩，的確掌握了此關鍵。

謝氏本身，即是肢體障礙者，而她寫這詩，就是為傷殘者而寫的。因此這詩，無疑是發乎真情的，也因為這樣，此詩才有感情美，使人接受。

這是神烙下的記號

因為祂知道我們能站起來

不管是用手走

或是用腳寫字

不管是用耳朵看

或是用眼睛聽

起段這樣寫殘障人士，雖其殘障，是神烙下的記號，但其求生的勇氣，不是事實嗎？基於這事實，謝氏大多直接抒情，期能使讀者感動。當然，寫真實事不一定就有詩性，但這段詩，能說她沒有詩性嗎？

舉一反三，就不必再舉此詩之其餘各段，來證明這首詩的真摯了。

（二）瓶花之怨

將我自枝頭剪下
任意彎曲修除
違反自然生長地
擺成一個你喜歡的姿勢

沒有泥土
沒有陽光
這盆淺淺的水
如何能滋養我的生命
別把我丟在垃圾堆
殘弱的我仍想
飲一盃陽光
聞一畦泥土

——1979年

這首詩，以擬人修辭格，來動情。將瓶花擬人化，使其有人的感情，因之，能怨、能喜、能希望。

將我自枝頭剪下
任意彎曲修除
違反自然生長地
擺成一個你喜歡的姿勢

首句中的我，當然是指瓶花，怨其不自由，任人修剪為欣賞者喜歡的姿勢。

（三）蟬

哀鳴也罷
盡情歌唱也罷
我祇擁有七個陽光日
（雖已羽化成蟬卻剩七個晝夜）

為了一身蟬衣
我度過了五年幽暗的地底生活
不聽不想不看
（無法掙脫呵——
這祖先遺留下來的枷鎖）

出土之后

不慣明亮地展示自己

我躲在蔭叢裡

決堤的歌聲

有我辛酸的歷史

有我殉美的悲壯

——1981年

這首詩，同上首詩一樣，也是以擬人修辭格，來動情。將蟬擬人化，使其有人的感情，因之，能哀鳴、能盡情歌唱、能辛酸、能殉美。

本詩中的我，當然是指蟬，辛酸命短又殉美。詩的感情，有橫向的寬廣，亦有縱向的深長。

（四）夜渡

在這人生的水域

我是一名靜默的擺渡者

雖然夜將沉寂

孩子

讓我們划向夜

黝黑的胸膛

探探它的鼻息

聽聽它的心跳聲

當所有燈光睡去
天空仍會有星光
孩子，別怕
有我在左右
為你掌舵

——1984年

孩子們，年齡尚小，其成長必須有人帶領，才能安然度過人生，面對這世界。而人生如黑夜水域，孩子們不知如何安全渡過，而謝氏願擔任孩子們掌舵者，所以她說：「有我為你掌舵」。

本詩，用譬喻修辭格動情，有明喻者，如「在這人生的水域」、「我是一名靜默的擺渡者」；有借喻者，如「胸膛」。這些譬喻修辭格，雖然是對客觀事物而作的修辭，但作者，已賦予主觀的情感，因此，審美主體，已然可接受其動情，感覺到作者的慈悲情懷。作者不僅帶領孩子們，如擴充解釋為願度一切有情眾生，亦無不可。

（五）鳥與水

——給一群截肢與視障的朋友

水之於鳥

恰如舞蹈之於我

我們來自不同的向度
獨鍾這一方水域
棲身於灰濛中的一片綠地
水的清柔撫慰我
水的激越挑戰我

在這片天空
我展翅
因水的滋潤
飛舞出
更美更有力的
人生

舞蹈之於我
恰如水之於鳥

——2002年

這首詩，有用譬喻修辭格動情，明喻者，如「水之於鳥／恰如舞蹈之於我」、「舞蹈之於我／恰如水之於鳥」；有用排比修辭格動情，如「水的清柔撫慰我／水的激越挑戰我」。

（六）黑琵鳥語

聽說
這小島的南方
今年冬天特別冷
沒有煙囪的熱氣
缺乏機器啟動的喧嘩
一切似七股結晶的鹽田
閃爍著冰寒

而那將會是我們永遠的春天
不必擔憂棲息地變黑溪
不再為覓淨地不斷遷移

帶來溫暖帶來生機
我們這群黑面舞者
將在這國際舞台
奮力上演永遠的
歌 劇 魅 影

——2001年

這首詩，有用譬喻修辭格動情，明喻者，如「一切似七股結晶的鹽田」；有用排比修辭格動情，如「帶來溫暖帶來生機」。

此外，這詩，亦用詩的外形美動情，達到一種詩的建築美，給人立體深情的感受。如這詩，刻意將詩行排列成黑琶鳥面形，並突顯鳥喙，以示其求生之奮鬥困情。

（七）咱高雄的春天

熱滾滾的元宵燈火
冬　即時解凍
水　舞動出
春天的氣味

冬眠的花蕊
一朵一朵醒來
在木棉道上散步
在城市光廊喝咖啡
在愛河畔聽音樂

——2003年

這是寫鄉情之詩，謝氏寫出其鍾愛高雄的感情。先用拈連修辭格動情，如「熱滾滾的元宵燈火／冬　即時解凍」。再用排比修辭格動情，如「在木棉道上散步／在城市光廊喝咖啡／在愛河畔聽音樂」。

詩，是文學的皇冠，用最精鍊美感的語言，表情達意。在表情方面，給讀者一種感情美，它是持久性的、共感性的，而且與審美之對象是有關聯性的。閱讀謝氏的詩，的確能給人上述的感情美。

謝氏長期擔任《笠詩刊》的會計及其他庶務性工作，而這些工作，都是後勤的、默默耕耘的，她的詩如同這樣，曖曖內涵光，不把其詩淪為詩的競技場，也不會一天到晚搞詩的公關活動。在當今的詩壇，這樣的詩人，太珍貴了。

綜上所述，謝氏詩的動情法，以真摯取勝，並配合以動情為主的修辭格為之，使其詩達致持久性的、共感性的，而且與審美之對象有關聯性的感情美。

註：文內所評詩作均於第一本《謝碧修詩集》

目次

輯二／台語詩

輯三／翻譯詩

輯一／華語詩

站在紅毛港的過去與未來的現在

如今
一片殘垣斷壁
在港邊幻化出海市蜃樓
訴說過去歲月的痕跡
　潟湖　拆船碼頭　海埔新生地
　角頭廟　街屋　船筏

自從1968宣讀判決限禁建那一刻起
便面對沒有希望的未來
40年漫長煎熬
孕育屬於自己的哀愁與美麗

在認命與不認命之間掙扎
不斷上訴
不斷包裝提昇自己
小漁村過去300年的文化
不敵巨港未來的經濟力量

歲月熬煮出的成熟與韻味
雖引起驚艷與不捨
只能揮灑最後的豪情
以嘉年華會的方式
走向歷史刑場

像製作臘肉的過程
鮮紅　油潤
風乾　褪色
未來
等待品嚐時空加持的美味
期盼火浴後的鳳凰

寫於2008.6.8
刊於「港埔遺落的鹹味——紅毛港新詩集」

大樹凋零
——悼詩人巫永福

「不老的大樹」凋零了

一直以來
只遠遠景仰
最深刻
您柔軟的銀髮下
純正的堅持
「台語就台語
北京語就北京語」

在爬過二二八的土地
「無齒的老虎」隱於商林
重出江湖一隻筆
如今
自主的靈魂
終能飛離被禁錮的肉體
在自由的天空
恣意揮灑詩情

刊於笠268期「紀念巫永福專集」

彩虹

因為彩虹
更能面對風風雨雨

紅
歲入中年
倍需火紅的溫暖
抵抗愈來愈冷的寒冬

澄
淡淡澄花香
化去淡淡哀愁

黃
閃耀在陽光下的阿勃勒
無懼烈陽
吸住眾人的眼光

綠
可以徜徉、翻滾
我的大地
無限的寬廣、包容

藍
可以乘風的天際
可以漂浮的海面
那般雲淡風輕
卸下所有武裝

靛
藍染布衫底
散發著本土韌性
喜歡那份無悔
喜歡那份堅持

紫
寧靜、沉穩、神秘
隔離出一個
不一樣的我

2009.06.29

家在哪裡
——記50年來最嚴重的莫拉克88水災

她指著畫面說
　這裡有家雜貨店
　後面那裡是派出所
　這邊是我阿姨家
　我家在比較後面那邊
　………………………

我看到的只是
　群山環繞山谷中
　一片土石流覆蓋（據報導說有三層樓高）
　灰濛濛的天空
　無語
　…………………………
　…………………………

2009.8.7下午開始豪雨颱風登陸
一整晚的雷雨
2009.8.8早上起

每天無時無刻盯著電視災情報導
真是不可思議的景象
　全台上百座橋梁斷裂
　眼看人車瞬間消失在惡水中
　太麻里溪潰堤沖走50餘戶人家
　荖濃溪潰堤4.5公里
　林邊溪堤防破了350公尺
　村內爛泥泡七天還無法清理
　多處堰塞湖潰堤
　土石流沖走河床上的原住民部落房舍
　土石流將峽谷中的村落填平
　10天了還無法統計死亡人數
　漂流木四處流竄
　覆蓋村莊的道路、民宅、田地
　阿里山森林鐵道柔腸290斷
柔腸寸斷的何止是災民的心
哀嚎聲環繞著電視機前的我們

台東知本溫泉的大飯店被沖倒了
廬山溫泉又被沖垮了
多納、不老、寶來等等等溫泉都被淹沒了
幾年來因休閒觀光努力營造出的榮景
回歸為零

是越域引水惹的禍？
是因為曾文水庫興建大量攔砂壩？
還是人類的貪婪？
對山林大地希索無度？

從10年前921大地震之後
受傷的大地
每年都以土石流提出警訊
那是它的血它的肉
我們人類仍無動於衷
現在它憤怒的奪去我們的骨肉、血汗

災民說

家園要如何重建？

重建在哪裡？

自然山林？都市叢林？

政府要我們做好撤離的準備

但他為我們準備好了沒？

如何療傷？如何營生？

他為山林大地準備好了沒？

如何水土保持、國土保護？

後記：2009.88水災後每日與某些官員

一樣從媒體獲知災情，心情沉痛之誌

草屯遊詩

之一

二月的斜陽
映照出
水晶般的紫色風鈴木
我們歡呼
沉醉大自然的恩寵

大街小巷的
奇花異草各自展演
是否能等到
最亮麗的時刻

之二

相思樹林道
擺出一道一道詩宴
請隨意入座
呼吸飄盪風中的詩意
撿拾散落滿地的紅豆情

之三

細細的竹片
一圈一圈
將堅韌的歲月框在
時鐘裡
循環不息

之四

訴說生活美學的茶具
舉手之間的泡茶哲學
空無
浸泡在甘醇茶湯

刊於笠詩刊2013年8月296期

後記：2013年無計畫的二度造訪草屯：二月份偕林鷺、利玉芳至南投參加陳千武詩人前輩的追思會，不意到草屯當了不速之客；三月份參加台灣現代詩協會的年會，李昌憲準備順製作「岩上書房攝影記」，我們三人又隨行。二次承蒙岩上老師的熱情接待，草屯工藝所與當地藝術家交流、路邊風味咖啡屋、大榕樹下的扣仔嗲炸粿小吃……，讓我們享盡濃濃的在地情，岩上老師還一直要我們再安排時間，他還有許多私房景點呢。

古巴組曲

——於2014年4月30日至5月9日止參加在古巴舉辦的「島國詩篇」第三屆國際詩歌節，由世界詩人運動組織駐台灣大使李魁賢詩人帶隊前往，古巴為全球僅存四大共產國家之一。

相遇

綠鱷魚古巴
以兇猛的外表
鎖住
十八世紀的風景
單純的熱情

紅番薯台灣
柔韌隱抑的個性
仍無意中透露
歷經文明
複雜的心境

暗暝的九重葛

暗暗的後尾園仔
一叢九重葛
乎燈光照透過
胭脂紅的艷麗

今晚佇遮
來自各島國的詩人
滿腹的熱情
像拉丁美洲的天氣
熱滾滾
阮嘛笑咪咪
偎過跟伊相擁

艷紅的九重葛
偷偷向阮笑

古巴印象

我是坐著時光機器嗎
來到一個十九世紀的所在
骨董車滿街路
十八世紀西班牙的建築
鄉間歸大片的綠野
牛群馬群悠閒在吃草
路上馬車跑來跑去
大家說伊共產鎖國
卻鎖住
我們難以找回的純樸

開甲嫷噴噴的
白色風鈴紫色風鈴
　常讓我驚喜
紅帕帕的鳳凰花
　遙想台灣唱驪歌的季節

路邊的扶桑花
　嘛是我家鄉園籬的燈仔花
歸片的甘蔗園
　浮現我細漢去偷摘甘蔗情景
樹上一個小女孩歡喜吃著水果
　那有我的童年

不過，到處是
民族英雄切・格瓦拉的肖像
獨立之父荷瑟・馬蒂的塑像
紅星藍白條紋國旗
透露出集權的訊息

切・格瓦拉

城市鄉村街道都有他的圖像
常在古巴人生活當中
提醒

“要不斷革命
　直到永遠勝利”

到處販賣他肖像的T恤，帽子，包包
把他的精神
透過觀光客
帶到世界各地

卡斯楚為何不忌妒
因為他不搶位子
切・格瓦拉是永恆英雄

鐵窗風景

不是鐵幕單調的
直條橫條

加幾朵浪花
讓雲彩飛揚
鳳屏蝶舞
音符跳躍
畫個圓弧
拉尖角度
轉個圈

雖然物質缺乏
依然要加一些色彩
魅力四射

酒館會海明威

以朝聖的心情來到
佛羅蒂塔酒吧Floridita Bar
跟詩友喝著
您調製出來的黛伊基里酒Daiquiri

您喜愛的莫希多Mojito調酒
彌補無法去柯西瑪小漁村的遺憾

敬您
在熱情拉丁樂曲中
在充滿您影像的酒館中
聽您娓娓道來
當年的心情

明信片

佇古巴
看著滿街路列走的古董車
看著真濟真濟十八世紀的西班牙建築
佇莊跤走來走去的馬車
一望無際的綠野
啊
我買一張古巴風情明信片欲寄乎妳

佇奧爾金參加文化節遊行
佇拉丁美洲之家讀詩
一張古巴革命詩人馬蒂的卡片
黑底白字的情懷
啊
想欲將伊寄乎妳

返來台灣2個月啊
妳猶原袂收到批

網路有人講寄出4年擱袂到
可能愛等伊跨過彼100外冬
凍結的時光
咱著將批當作「瓶中信」
留給以後的人
感受遙遠的浪漫

白痴，不是服貿
——給馬政府團隊

白痴，不是經濟
為何你們到現在還是一直談經濟

服貿反不反都一樣
近幾年來中共的經濟侵蝕
已造成我們小商家的傷害
連在美國的學者專家
都看得出來
服貿條文沒問題
服貿包裹表決是慣例
問題是黑箱
問題是不對等制度
專制V.S.自由

難道
你們看不清
香港所經歷的痛
不知中共也曾對蒙古新疆西藏讓利

難道
你們從不知
他們真正的胃口
是用經濟換自由

不是服貿，裝白痴

刊於台灣現代詩刊
2015.9.26修

好想回家

好想回家
在立法院場內外
已經13天了
太陽花學運

“大人”說
趕快回家
趕快回去學校
不要被利用了
你們懂服貿嗎

好想回家
可是
「馬卡茸」總統並不真的
希望我們回家
否則
為何一直不面對解決

好想回家
既然他們不願討論
我們要做一個好示範
大家分組逐條審讀服貿協議條文
準備召集全體公民
一起來討論
民間版兩岸協議監督條例

歷經
…………
樂生事件
文林苑都更事件
台東美麗灣開發案
核四議題
大埔事件
海峽兩岸服務貿易協議
美麗的家園
一寸一寸消失

好怕
好怕有一天看到
滿街簡字體招牌
到處聽到……

好想
好想回家

2014.3.30

太陽花學運凱道大嗆聲
每天守在電視機前關注進展
也參加遍地開花的
KMT高雄市黨部前靜坐的心情

熊熊的火焰

熊熊的火焰
訴說雲豹的故事
訴說耆老與年輕妻子的故事
小米酒杯在手中流傳
淺嚐
希望的火花

部落的寒夜
莫納克颱風掃落的樹塊
點燃出火焰
溫暖自己和我們

2014.2月夜宿山地門禮納里部落

註：魯凱族好茶部落，將台灣雲豹視為他們的先祖；該耆老著有《雲豹的故鄉》小說。

那夜在愛河畔

用30年情誼封釀的酒
今夜開瓶
熱情隨愛河曼波漾開
你我微醺
就這麼許下豪語
要重提青春奔放的筆
寫下這些年
生活釀造的酸甜苦辣

面對變化的風景
腳印將觸動琴鍵
不斷飆出綿延高音

——記20141207腳印詩社同仁團聚在寒夜的愛河畔

古厝・巷道

當灰色洋房入侵紅磚地盤
才驚醒

彩繪在斑駁牆面吶喊
這近百年棋盤式古厝群
只是庶民棲身之地
沒有權貴的浮飾
�掃帚會是巫師的飛天帚？
變出咱新的生活風貌

午后的貓
懶洋洋俯臥在歷史的圍牆
沉思

記2014/10遊嘉義德興古厝社區
刊於笠詩刊2014年12月304期

行入森林
——記2015蓮華池「走出森林之詩歌及文化」講習會

一、

古琴聲
細微沉靜漂流
飄入你我心中
飄旋在花與葉中
飄散在山與樹間

「走出森林」
讓浸在深山中數十年的
綠眼睛功夫
　——森林的科學與美學
隨著琴韻飄揚

撿拾四季飄落的花瓣葉子果實
排列出
花的心事
樹的筆直
山的豐盛

二、
暫時避離紅塵
我行入森林
為著欲來看
恁佇黑暗中閃爍ㄟ身影

雖然同款是
我眼中的小精靈
但我知影你已非5冬前的你
我也非5冬前的我

為了予恁子孫生湠
阮盡力保護維持生態
但是阮的呢？
阮的食物安全？
阮的人身安全？

刊於笠詩刊2015年6月號307期

港邊情畫

居處基隆港口
20坪的陽台好似甲板
在躺椅上享受海的味道
整片落地窗
轉播幻化的雲彩晚霞
來來往往的客貨輪
交織出美麗日記

入港的船艦
就像回來探望的小孩
退休的艦長
可以將心事
說給停泊的船聽

乾杯
敬每艘出航的船艦
將面對詭譎變化的風浪
（它已寫滿艦長前半生的歷史）

在回航後
會是你們最好的話題

刊於笠詩刊2015年8月308期

輯二／台語詩

榕樹

咱有真濟所在
攏有伊ㄟ形影
伊不驚透風落雨
伊不驚日頭赤焰燄
全身充滿生命力
親像真濟ㄟ蕃薯仔子
嘴鬚發甲胡～胡
嘛是代代犍作夥

伊，永遠踦佇這塊土地
恬恬聽著咱ㄟ心聲

——2014年高雄榕樹公園石碑詩

風飛沙底的日頭花

對西爿吹來的
風飛沙
一陣比一陣
強烈
整個台灣島嶼
天頂烏墨墨

“污”墨墨的土腳底
咱想要掙脫
想要自由喘氣
「反核運動」予咱空氣
「大埔事件」予咱水分
「白衫軍送仲丘」予咱陽光
「反黑箱服貿」一聲春雷
日頭花
一朵一朵鑽出地面
開甲全台灣滿滿是

——記2014.3.30日頭花學運

刊於笠詩刊2014年4月號300期

化作一叢樹仔
——悼羅浪

按FB傳來
你已經去天頂釣魚囉
飄撇無想欲留下影跡
　（有即是空）
厝內的人就為你佇地上種一叢玉蘭花樹

雖然袂凍共你來相辭
毋過若是玉蘭花開時
阮就會來想著你的人
想著你寫的詩
　（空即是有）
………………………

刊於笠詩刊2015年6月號307期

天窗的光透入來
——探望龔顯榮大哥

一群人佇空空的病床邊等候
聽講太太拄才陪你去走走 leh
逐家心內感覺歡喜
你已經有法度練習走路啊

想起
半冬前佇病床邊
你茫茫的眼神
甘哪知影阮是誰
耶甘哪毋知
目屎講出你的心情

想起
一冬前佇台南開年會時
在地的你
恬恬紮著二萬元
欲來請逐家食暗頓
雖然予別人搶去做東

那份心意
佇阮心內發芽

瘦長的身影
雄雄認毋出來
雙方攏愣一下
你快速跑過來
猶無法用語言表達的你
只有用目屎相攬

啊！逐家看著
對「天窗」照落來的光

刊於笠詩刊2015年8月號308期

註：「天窗」是龔大哥的成名詩作

依偎

兩人身軀相偎
心靈有無

身心合一
只有在戀愛的時陣
將同款、尚好的
鋪排出來

家庭　囝仔
將兩人緊緊牽作伙
身若陀螺
心若蠟燭

退休了後才有閒研讀
「婚姻是幸福亦半幸福」
都30年了
甘著擱……

啊～
走入生命的秋天
只想欲共你坐相偎
恬恬看著
多變化的彩霞

刊於台灣現代詩2015年9月43期

歪腰的郵筒

生成四四角角
青青紅紅的郵筒
掛著一號表情
沒人感覺有伊的存在

每天讀著咱的
快樂　憂愁　佮期待
24點鐘攏佇遐等待
汝睏袂去的暗暝
將心內的話寫佇芳芳的批紙
放佇伊的心腹內
伊將批攬佇心肝頂
維持燒燒的溫度
送予遠遠哪個數念的人

蘇迪勒風颱神來之筆
大大共伊掃一下
煞敧敧真古錐

予神經繃絚絚（ân）的
予政治嘴涎噴滿面的
予黑箱罩到欲無望的
悶悶的生活中
有一個輕鬆的出口

當汝踦正正看甲真鬱卒的時陣
就頭攲攲換一個角度來看

刊於笠詩刊2015年10月號309期

註：蘇迪勒風颱強力吹歪了郵筒
　　台北市民競相與之拍照
　　一時成為觀光景點，頗具療癒效果

輯三／翻譯詩

蟬

哀鳴也罷
盡情歌唱也罷
我祇擁有七個陽光日
（雖已羽化成蟬
　卻剩七個晝夜）

為了一身蟬衣
我度過五年幽黯的地底生涯
不聽不想不看
（無法掙脫呵——
　這祖先遺留下來的枷鎖）

出土之后
不慣明亮的展示自己
我躲在蔭叢裡
決堤的歌聲
有我辛酸的歷史
有我殉美的悲壯

1981.01.15刊於自立晚報
1990《亞洲現代詩集‧第五集》

A Cicada

Let it be lamentation
Or a singing in high glee,
I have but seven sunny days
  (Though I've become an imago,
   There remain only seven days and nights of life for me).

In order to gain a costume of cicada,
I've spent five years of the dark underground career,
And that without hearing, thinking or seeing
  (Having no way of getting rid of the shackles
   That my ancestors have handed on to me)

After having come out of the earth
I am not accutomed to showing off myself brightly;
I have to hide myself in the shade.
My all-out singing
Contains the bitter life of mine and
My tragic immolation for the sake of beauty.

(Translated by T.Lih)

瓶花之怨

將我自枝頭剪下
任意彎曲修除
違反自然生長地
擺成一個你喜歡的姿勢

沒有泥土
沒有陽光
一盆淺淺的水
如何能滋養我的生命

別把我丟在垃圾堆
殘弱的我仍想
飲一盅陽光
嚼一坯泥土

鹽雜誌創刊號
1979.秋

The resentment of Vase Flowers

I was cut out of the branches
and bent into every pose
as you like
in contrary the natural law

How can I sustain my life
by only a little water in the vase
without any soil
neither a trace of sunshine

Please don't throw me away as a garbage
During my remaining hours
I am still inclined to enjoy sunshine
and willing to be finally naturalized into soil

(Translated by L.K-s)

唱片與針

沉默如你
把自己匿藏在細細紋路裡
我該以何種傳真度詮釋你

冰冷如你
未曾主動啟口
我該以何種溫度暖化你

倘非為了你
我早已歸隱山林
留下來
只為溝通眾生與你
我倆相依為命
以激昂以低柔
以清朗以幽怨
散播變幻的心情

磨擦的熱力
不斷重覆各種生命情調
只要筋骨未老
你我仍須一路地唱下去

1981.12.1

Record vs. needle

As you silently
hide yourself within the grooves of a record
then with how fidelity can I interpret you

Such cold as you are
never take an initiative to open your mouth
then at what temperature can I warm you

Without for the sake of you
I might retire early to live in forest village
Up to now I would like still to stay
in order to bring you a good relationship with audience

We both become a united life altogether
no matter how excited or gentle
how clear in mind or grievous
always broadcasting a variety of feelings

The energy generated by friction to each other
constantly repeats various sentiments in our life
Our songs should be sung all the way
Provided that we are not too old

(Translated by L.K-s)

レコードと針

あなたのように黙って
細かい細かい溝の中に身をかくし
私はどんな正確さであなたを解読できるでしょう

氷のように冷たく
あなたは口を開いて話したことがない
どんな温かさであなたをぬくめることができよう

あなたのためでなかったら
もうどこかに私はかくれてしまっているはず
ここに居残ったのは
ただあなたと衆生とのコミュニーケーションのため
私たちは命にかけて頼りあい
激しく昂ぶり低く柔らかく
清らかでまた心ひそやかに
変幻極まりない思いを伝えあう

磨擦しあう熱とエネルギー
絶えず生の情感をくり返してゆく
力の続くかぎり
私たちはただ唱い続けてゆくのみ

2006.3.27錦連譯

螢海飛舞

牽著我的童心
來參加這場嘉年華會
夜空迷濛微雨
擔心又錯失一年的相會

感謝老天停了雨

在黑暗的林中
尋你
你正帶著警戒光
躲在暗欉偷瞄
怯怯的輪流引領我們前進

求愛嘉年華會廣場上
飄盪的光點
流動的音符
新潮的舞蹈
仲夏夜的精靈

滿足的飛舞出
林谷中的銀河系

你小小的身影
告訴我
在面對大自然不斷覆蓋而來的黑暗
我們該如何
點亮自己

——記2010.4月林業局南投桃米坑蓮花池賞螢

Sea of Dancing Fireflies

Holding onto the heart of my childhood
Coming to participate in this carnival
The night sky is misty with light rain
Worried to once again miss a year's encounter

Thank God the rain has stopped

In a dark wood
Searching for you
You bring a warning light
Hiding in the dim grove, secretly glancing
Timidly leading us ahead in turn

A carnival of courtship on a plaza
Drifting spots of light
Flowing musical notes
Avant-garde dance
Midsummer night's fairies

Contently fluttering

A Milky Way in the forested valley

Your small silhouette

Tells me

While facing nature’s continuously encompassing darkness

How we are to

Illuminate ourselves

—Recorded while firefly watching by a lotus pond

in Nantou Taomikeng, April 2014

(Translated by Jane Deasy)

午後
——記我失智的母親

之一

我失智的母親
每日午後
必面向街道
定格往來車流
搜救往事

之二

一直叨念著
弟弟褲腳的脫線
終於針線上手
一針一線
吃力專注的縫著
尚未失落的記憶

Afternoon

——In memory of my mother suffering from dementia

I

My mother who suffers from dementia

Every afternoon

Would always face the street

And focus upon the flow of cars going back and forth

To search and rescue bygone happenings

II

Constantly murmuring about

The loose thread on younger brother's trouser leg

And finally with needle and thread in hand

Each thread, each stitch

Strenuously focused on sewing

Her not yet lost memories

(Translated by Jane Deasy)

愛神如是說

愛情是一首共同譜的歌
愛情是一幅色彩互調的畫

當公主與王子甜蜜攜手走向未來
從此
柴　為生活加把熱情
米　不是唯一的選擇
油　最佳潤滑劑
鹽　增加生活樂趣
醬　提醐人生興味
醋　增添不同刺激
茶　最佳談心時刻

2008公車詩徵稿

According to Eros

Love is a collaboratively composed song
Love is a painting with mutually mixed colors

When the princess and prince happily walk hand and hand
into the future
Henceforward
Firewood adds a hand of passion to life
Rice is not the only choice
Oil the best lubricant
Salt increases life's delights
Sauce to provide life's amusement
Vinegar to add a different excitement
Tea the best time for a heart-to-heart

(Translated by Jane Deasy)

台灣梅花鹿哀歌

曾經我們能優閒漫步森林
是福爾摩沙地表一幅美麗的風景
我們比人類更早更貼近這島嶼

　　美麗該等同於哀愁？
　　稀有就會成為目標？
　　絕種是難逃的宿命？

人類的貪婪
人類的血腥
戴著我們的樹枝茸角
昂首闊步在都市叢林
仍掩藏不住那內在的醜陋

我們是無法移植取代的

以後
我們將只是被裱褙
蒼鬱山林的一面風景

Lamentation of the Taiwan Sika Deer

We could once leisurely stroll in the forests
A beautiful view on the face of Formosa
We were closer to this island prior to mankind

Should beauty equate sorrow?
Should a rarity become a target?
Should extinction be the fate of escape?

The greed of mankind
The bloodiness of mankind
Wearing our branched antlers
Striding with raised heads in urban jungles
Yet still cannot conceal that intrinsic ugliness

We cannot be transplanted or replaced

Hereafter
We will only be a mounted scenery
Of a deep and verdant forest

(Translated by Jane Deasy)

雕刻人生

師傅說
朽木雖不可雕
藝能凸顯其個性

思索
如何以美的姿態
潛化世人
將這小小心願
不斷的鏤刻在一塊塊拙木

我佛菩薩
只有無私的被刨去
成就一段慈悲說法

無言的雕像
看著來來往往的
有情
無情
散發無限的話語

Sculpturing Life

The master craftsman says
Even though rotten wood cannot be carved
Art can highlight its personality

Pondering
On how to influence earthly people
With a beautiful stance
And take this small little wish
And engrave it without ceasing upon piece after piece of unworked wood

My Buddha
Only by selflessly being shaved away
Achieves a compassionate statement

Speechless statue
Watching the coming and going
With emotion
Without emotion
Radiating limitless utterances

(Translated by Jane Deasy)

獻上一朵紅玫瑰
——觀賞「賽德克・巴萊」有感

獻上一朵紅玫瑰
為所有因殺戮而死之亡魂
在那無可選擇的時空

廣闊的森林
低聲吟唱的祖靈之歌
讓人心中哭泣
「孩子，你怎麼了！」
是甚麼讓你做了這樣的選擇？
為甚麼統治者就需要如此暴力？
為什麼受治者要過自主的生活那麼困難？

雖然年代久遠
很多人已遺忘
你的族人仍無法忘懷
在81年後的時空下
你的堅持仍撼動人心
因維護人的尊嚴驕傲

獻上一朵紅玫瑰
為你們
也為我228之亡魂
深林中
仍有沉痛吟唱的歌聲

To Offer a Red Rose

——Thoughts after viewing *Seediq Bale*

To offer a red rose
For every deceased soul that died in massacre
In that space and time without choice

In the vast forests
Low voices sing a song of their ancestral spirits
It makes the hearts of people cry
"Child, what is the matter!"
What is it that has made you make this choice?
Why do rulers need to be so violent?
Why is it so difficult for the governed to live autonomous lives?

Even though the era has long past
And many people have forgotten
Your tribespeople still cannot dismiss from their minds
In a time and space 81 years later
Your perseverance still moves the hearts of man
And provokes pride in your efforts to maintain human dignity

To offer a red rose
For you
And for the deceased souls of 228[1]
In the deep forest
Low voices still remain singing in bitter grief

Note[1]: 228: The 228 Incident or 228 Massacre was an anti-government uprising in Taiwan that began in 1947.

(Translated by Jane Deasy)

沙塵暴底下的太陽花

從西邊吹過來的
沙塵暴
一陣比一陣
強烈
整個台灣島嶼
天空汙漆嘛黑

烏煙瘴氣的土地上
我們想要掙脫
想要自由呼吸
「反核運動」給我們空氣
「大埔事件」給我們水分
「白衫軍送仲丘」給我們陽光
「反黑箱服貿」一聲春雷
太陽花
一朵一朵鑽出地面
開遍台灣的每個城市

Sunflowers beneath the Sandstorm

For the sandstorm
That blows in from the west
Each gust
Stronger than the last
The entire island of Taiwan
Its skies dark in absolute darkness

In a foul and polluted land
We want to break free
We want to breathe freely
The Anti-nuclear Movement gives us air
The Dapu Incident gives us water
The Army of White for Chung-chiu send-off event gives us sunlight
The Democratic Front Against Cross-Strait Trade in Services Agreement
　　is a strike of spring thunder
Sunflowers
Flower by flower surfacing from the ground
Blossoming across every city in Taiwan

(Translated by Jane Deasy)

爆

潛藏在地底下的
氣
受不了生銹的壓制
只想找一個出口

無處逃

暗藏在地底的
沒人看得見
只迷失在地表面的
喧鬧

因此
爆　爆　爆
爆　出問題
爆　出真相
爆　出怠惰
爆出人命

爆毀家園

爆開冷漠

火焰擊穿天空中的黑暗

——記20140731高雄氣爆事件

Explosion

Concealed beneath the ground
Gas
Could not withstand the repression of rust
And just wanted to find an exit

Nowhere to escape

Hidden beneath the ground
Nobody could see
Just lost in the bustle
Of the surface

Thus
Explosion explosion explosion
Exploded out problems
Exploded out truths
Exploded out laziness
Exploded human lives

Exploded and destroyed homes

Exploded apathy

Flames puncture the darkness of the sky

—Recorded on July 31st 2014,

Kaohsiung Gas Explosion Incident

(Translated by Jane Deasy)

鳥與水
——給一群截肢與視障的朋友

水之於鳥
恰如舞蹈之於我

我們來自不同的向度
獨鍾這一方水域
棲身於灰濛中的一片綠地
水的清柔撫慰我
水的激越挑戰我

在這片天空
我展翅
因水的滋潤
飛舞出
更美更有力的
人生

舞蹈之於我
恰如水之於鳥

Birds and Water

——To a group of amputees and visually impaired friends

Water to the birds
Just as dancing to me

We come from different directions
solely fond of this watery area
living in the green field among dark gray
The cleanness of water soothes me
and the intense vibration of water challenges me

In this sky space
I extend my wings
due to nourishing with water
flying more beautiful and powerful
Life

Dancing to me
Just as the water to the birds

(Translated by L.K-s)

夜合花

不同於玫瑰
不同於茉莉
我乃自閉一族
躲在後院角落
不愛行銷自己

日頭下隱身於綠叢中
默默滋養
黃昏後
散發濃郁香味
清鬱的本質
選擇恬靜姿態
陪你度過幽暗時光

慢活　樂活
只要堅持存在
必能找到自己的舞台

註：又名夜香木蘭，花腋生單一，花梗向下彎垂，花近球形，乳白色，夜間極香，味似成熟鳳梨香味，夜晚時香氣更濃郁，花期5~8月。可觀賞、聞香、入茶、藥用。

——刊於2008「夜合花——客家原香」專集

The Magnolia Coco

Unlike the rose
Unlike the jasmine
I have been keeping to myself
Hiding in the corner of the backyard
I do not like to promote myself

Hidden in the green bushes under the sun
Silently nourish myself
After dusk
Breathing out rich fragrance
Elegant and delicate is the true me
Prefer this quiet gesture
To accompany you through the dark times

Live a slow pace, live a happy pace
As long as we insist on living
We will be able to find our own arena

Note: also known as night fragrant magnolia, single flower, stalk bend downward, nearly spherical, creamy white, very fragrant at night, smell like ripe pineapple, richer fragrance at night , flowering from May to August. Good to view, to smell, to add to tea and to use as medicine.

—Published in the 2008 "Magnolia Coco - Hakka Original Fragrance" Anthology.
(Translated by Sarolina S.)

驛站

有人揮別
有人重逢
人生驛站
你來我往

且留下驚喜
且留下惆悵
讓閃亮橘黃與憂鬱紫藍
交錯出
美麗與哀愁的
軌跡

The Station

Some wave goodbye
Some become reunited
On the station of Life
You come and I go

Let's leave behind exhilaration
Let's leave behind melancholy
And let the shiny orange yellow and the gloomy purplish blue
Interlace out
A beautiful and sad
Track

(Translated by Sarolina S.)

含笑詩叢5　PG1495

生活中的火金星
──謝碧修詩集

作　　者	謝碧修
責任編輯	林千惠
圖文排版	周妤靜
封面設計	王嵩賀

出版策劃	釀出版
製作發行	秀威資訊科技股份有限公司 114 台北市內湖區瑞光路76巷65號1樓 電話：+886-2-2796-3638　傳真：+886-2-2796-1377 服務信箱：service@showwe.com.tw http://www.showwe.com.tw
郵政劃撥	19563868　戶名：秀威資訊科技股份有限公司
展售門市	國家書店【松江門市】 104 台北市中山區松江路209號1樓 電話：+886-2-2518-0207　傳真：+886-2-2518-0778
網路訂購	秀威網路書店：http://www.bodbooks.com.tw 國家網路書店：http://www.govbooks.com.tw
法律顧問	毛國樑　律師
總 經 銷	聯合發行股份有限公司 231新北市新店區寶橋路235巷6弄6號4F 電話：+886-2-2917-8022　傳真：+886-2-2915-6275

出版日期	2016年3月　BOD一版
定　　價	200元

Printed in Taiwan

國家圖書館出版品預行編目

生活中的火金星：謝碧修詩集 / 謝碧修著. -- 一版. -- 臺北市：釀出版, 2016.03
面； 公分
BOD版
ISBN 978-986-445-092-3(平裝)

851.486 105001903

讀者回函卡

感謝您購買本書，為提升服務品質，請填妥以下資料，將讀者回函卡直接寄回或傳真本公司，收到您的寶貴意見後，我們會收藏記錄及檢討，謝謝！
如您需要了解本公司最新出版書目、購書優惠或企劃活動，歡迎您上網查詢或下載相關資料：http:// www.showwe.com.tw

您購買的書名：＿＿＿＿＿＿＿＿＿＿＿＿＿＿＿＿＿＿＿＿＿＿

出生日期：＿＿＿＿＿年＿＿＿＿＿月＿＿＿＿＿日

學歷：□高中（含）以下　□大專　□研究所（含）以上

職業：□製造業　□金融業　□資訊業　□軍警　□傳播業　□自由業
□服務業　□公務員　□教職　□學生　□家管　□其它＿＿＿

購書地點：□網路書店　□實體書店　□書展　□郵購　□贈閱　□其他

您從何得知本書的消息？

□網路書店　□實體書店　□網路搜尋　□電子報　□書訊　□雜誌
□傳播媒體　□親友推薦　□網站推薦　□部落格　□其他＿＿＿＿＿

您對本書的評價：（請填代號　1.非常滿意　2.滿意　3.尚可　4.再改進）

封面設計＿＿　版面編排＿＿　內容＿＿　文／譯筆＿＿　價格＿＿

讀完書後您覺得：

□很有收穫　□有收穫　□收穫不多　□沒收穫

對我們的建議：＿＿＿＿＿＿＿＿＿＿＿＿＿＿＿＿＿＿＿＿＿＿

＿＿＿＿＿＿＿＿＿＿＿＿＿＿＿＿＿＿＿＿＿＿＿＿＿＿＿＿＿

＿＿＿＿＿＿＿＿＿＿＿＿＿＿＿＿＿＿＿＿＿＿＿＿＿＿＿＿＿

＿＿＿＿＿＿＿＿＿＿＿＿＿＿＿＿＿＿＿＿＿＿＿＿＿＿＿＿＿

請貼
郵票

11466
台北市內湖區瑞光路 76 巷 65 號 1 樓
秀威資訊科技股份有限公司 收
BOD 數位出版事業部

（請沿線對折寄回，謝謝！）

姓　　名：＿＿＿＿＿＿＿＿　年齡：＿＿＿＿　性別：□女　□男

郵遞區號：□□□□□

地　　址：＿＿＿＿＿＿＿＿＿＿＿＿＿＿＿＿

聯絡電話：(日)＿＿＿＿＿＿＿＿(夜)＿＿＿＿＿＿＿＿

E-mail：＿＿＿＿＿＿＿＿＿＿＿＿＿＿＿＿